AF564295

FRANCIS POICTEVIN

OMBRES

Specillam in quâ relucet purificat (Deus).

JEAN SCOT ERIGÈNE.

PARIS

ALPHONSE LEMERRE, ÉDITEUR

23-31, PASSAGE CHOISEUL, 23-31

M DCCC XCIV

OMBRES

DU MÊME AUTEUR

La Robe du Moine. . . . . 1 vol.
Ludine. . . . . 1 vol.
Songes. . . . . 1 vol.
Petitau. . . . . 1 vol.
Seuls. 1 vol.
Paysages et Nouveaux Songes. . . . 1 vol.
Derniers Songes. . . . . 1 vol.
Double. . . . . 1 vol.
Presque. . . . . 1 vol.
Heures. 1 vol.
Tout Bas. . . . . 1 vol.

FRANCIS POICTEVIN

OMBRES

Specillam in quâ relucet purificat (Deus).

JEAN SCOT ERIGÈNE.

PARIS

ALPHONSE LEMERRE, ÉDITEUR

23-31, PASSAGE CHOISEUL, 23-31

M DCCC XCIV

A mon cher

PAUL ADAM

épris de l'Esprit

O langue, pourquoi parles-tu puisque tu n'as pas de mots pour exprimer l'amour ?... L'amour redresse les choses tortueuses et unit les contraires. *(Sainte Catherine de Gênes, dialogues.)*

OMBRES

SOUS de mystiques symboles indo-germains ou plutôt encore dans notre songe panthéistement impersonnel, nous cherchons en tremblant à balbutier le nom impossible... abîme hypersubstantiel, nuit translucide, ancestrale, enchanteresse; virtualité inqualifiable; nœud absolu; identité transfigurante.

Dans la palpitation sourde des choses, la lettre *a* oscille sur l'abîme, germe, anneau crépusculeux.

La tête humaine, dans sa respiration silencieuse, son rayonnement ombré, a une pensive participation à l'ensemble des vies; elle remembre les types inférieurs et peut s'efforcer à se dégager d'elle-même. Sur le menton, base angulaire, les lèvres ont toutes les sinuosités et aussi toute euphonie, la bouche est le croissant monde ou immonde; entre les joues blafardes ou fraîches le nez s'élève, en colonne subtile, vers les sourcils à l'arcature flexible moins libératrice d'habitude que soucieuse, que continuent les oreilles souvent peureuses; et, sous le rideau mouvant des paupières, les yeux éclairent jusqu'au secret de l'âme ou renversent l'image même de la vérité; le front est le dôme des rêves.

Quand, dans l'existence, les mauvais courants prédominent, pourquoi s'obstiner?

A ce printemps de l'an dernier, le renouveau de la nature nous inquiétait, désespérait presque dans notre plus que physique maladie. Cependant, la nuit, certains rêves se reperdaient en une douceur; non, on ne sait plus du tout, au réveil; et pourtant cette idée subsistante en nous de l'évanouissement de quelque chose de charmeur et d'infini semblerait se suffire; il reste un intime écho abandonné.

Aux Champs-Élysées, deux petites

vieilles se donnant le bras marchaient entre les pelouses. Leur visage d'une soufflure déteinte, leur air, leur costume noir plaisaient, au passage, par leur concordance ni grotesque ni badine, défrisée, démodée, non pas défaite. Quelques instants, elles ne continuaient plus, comme plus penchées l'une en l'autre. Puis, elles reprirent leur marche si paisible qu'elle semblait sédentaire. Entre ces deux nabotes, c'était une adhérence balancée en leur double un peu difforme et pareil.

Hier et avant-hier des iris gris ont mis dans notre chambre, en rentrant du soleil du dehors, une suavéolence. Ces gris, c'est l'influence la plus aimée peut-être. Elle se glisse le plus en nous par sa pudique mélancolie. Le parfum même fait mieux, là, d'être absent. Gris d'iris si légers que déjà ils s'effument, où il ne subsiste plus devant les yeux que le voile de l'air. Les plus belles orchidées, auprès, se montrent affétées ; leurs effilures se sentent charnues, elles restent et vous laissent à elles, sans figurer même un regret; on dirait qu'elles graffignent. L'iris serait un témoignage laissé par quelqu'une de partie délicatement. L'orchidée, elle, langoureuse, tachetée, n'est qu'une réalité éclatante.

Une jeune fille hier, sur un banc dans une avenue, reposait avec un charme ignoré sa tête un peu rencognée contre son épaule, évidemment dans une gêne souffrante. Près d'elle était sa sœur aînée sans doute. Et c'était là une telle harmonie distinguée, franche et réservée, que ce tableau de nature s'esthétisait. Tache maladive, un peu plus délicieuse sous l'un des yeux gris d'une affaiblie lumière de la jeune fille, visage d'elle d'une lactescence unie, halénée si peu, s'abandonnant réfléchie à l'abri de sa chevelure d'or pâle.

Aujourd'hui, je suis étonné, heureux de la revoir aux Champs-Élysées, elle passe au bras de sa jeune compagne, dans la même étrange et naturelle torsion souffrante. Je n'ai toujours qu'entrevu ce visage doucement renfermé, avec cet attrait confirmé d'une souffrance persistante. Elle a passé mystérieuse dans son silence, son pas à la fois dolent et allégé sous les boucles d'un blond plaintif... Pourquoi ces rencontres de figures devant demeurer dans la beauté de leur intangible ? peut-être n'y a-t-il que cette région raréfiée de la vision, qui, dès ce bas monde, ne soit pas vaine.

On repense à ces deux femmes, qui nous parurent plutôt étrangères. Leur maintien s'isolait vis-à-vis l'entour, leurs façons avaient un désintérêt sensibilisé. Et surtout la jeune fille, sans encore de jupe trop longue, ne paraissait cependant plus une fillette; elle avait dans tout son air je ne sais quoi d'atténué, d'attentif, de douloureusement calme.

Saint Anselme aurait souhaité, avant de mourir, résoudre le problème de l'origine de l'âme, lui qui eût impossiblement préféré « être dans l'enfer sans un péché que dans le ciel avec un péché ». Certes, on ne regrette pas ce qu'on n'a point perdu; notre divin pressentiment, bien sûr, est une mémoire.

Lucerne.

Nous nous retrouvons, du musée de Bâle, devant des Hans Leu aux feuillages altiers, égratignés, anxieux, de gothique allure, devant son lion près du Saint Jérôme, lion couché se prolongeant en tombe énigmatique; devant surtout le Saint Christophe de Gerrit san Jans. Ce Christophore du marmot en robe violet d'eau a une semblance de bouc qui s'apprivoise, il s'avance bizarre, trébuchant à travers des cercles d'ondes aux fonds limpidement éloignés entre des roches, vers la rive où croît et tente dans son ampleur modeste un jonc singulièrement velouté, durable. Le raisonnable faune s'avance désireux, la main tendue, vers la plante des sacrifices. Et les conceptions par Schaüfelin d'un Dieu impérial, papal redisent les luttes de l'investiture par la crosse et l'anneau, au moyen-âge. D'Holbein le Vieux, d'une pénétration impardonnante, une physionomie de femme ne s'en va plus de nous, vieille au profil incisant, au nez en soufflet, au regard reluqueur et inégal, au bonnet méphistophélique et ailé.

Si gracieusement jolies, ces hirondelles quelquefois posées sur la route. On les croirait sans pattes, leurs corps comme encore au-dessus de la terre. Les têtes bombent, le reste semble enrobé fémininement, finir en pointe un peu longue. Un peu de blancheur, dans leur plumage, ajoute à la discrétion une innocence. Et puis on ne peut les saisir... Elles vous *entournent* dans leur vol.

Pourquoi malgré, des soirs, le lisse de pierre des Alpes du lac ici, malgré des embrumements des montagnes alors un peu violâtres, pourquoi le Rhin nous manque-t-il à ce point ? lui seul, tandis qu'on fixe sa fugitiveté, distrairait en une détente même matérielle. A Bâle, combien je l'ai relongé par un sentier entre des arbres ! ce fleuve a une personnalité infinie. Il ne subit pas la lune, moins encore le soleil. Il s'écoule non sans reprises, non sans détours, et ses replis ne s'enfoncent que pour refuir.

Nous avons passé une Pentecôte inquiétée, quoique recueillie. A la chapelle de Hergiswald au milieu des sapins, des hêtres, en un mystique clair-obscur des frondaisons, ce fut la surprise d'une voûte peinte, à la symbolique végétale, animale où se reconfondent les cultes. Mais même les chapelles et les forêts, leurs silences cloîtrants ou aérés ne nous entr'ouvrent la plénitude de l'Esprit que pour la reculer toujours.

Des soirs, c'est la bienfaisance de l'odeur chaleureuse d'une étable près d'un oratoire champêtre, sur la colline auprès des tours se reliant différentes. Ces vaches ruminent lentement, nous nous approchons d'elles, nous flattons leur mufle, elles tendent en serpe leur langue râpeuse, leurs yeux s'enamourent, le geste de la tête a une amabilité frôlante, et l'humidité du mufle luisant vers votre main, votre figure, a un parfum et une beauté. Quelques-unes couchées offrent une courbe large pareille à un remous arrêté; ces dos semblent tournés en repos. Et ces bêtes, presque immobilisées dans leur ruminement qui dure, se grisent sans plus de limites.

Une nuit, la lune, au-dessus du Pilate, se projetait dans le lac à peine teinté et si pâle. Le mont aride se voulait vaporiser sous la lueur de l'astre, il prenait une incertitude entre l'eau et l'azur également vagues, cette pyramide élevée se mitigeait, montante, descendante dans le ciel, dans le lac, elle reliait bellement les spacieuses profondeurs, les laissait dans une présence, comme elle insaisissable.

Un matin, les montagnes de neige éternelle restaient encore vermeilles et nébuleuses, haut et loin. En bas des rives du lac très vertes, l'eau s'approfondissait entre des irisations précieuses. Quelques reflets indistincts tombaient, demeuraient indéfiniment des arbres, des monts, dans le lac d'une infinité pure, dormante.

Certaines fleurs coupées, dans un verre, ont une langueur aphone. Trois roses, l'une pourpre obscure très odorante, l'autre un peu erronément jaune, l'autre imperceptiblement rosie, nous deviennent presque chères.

Sous le vent d'orage, une feuille d'anthurium leuconeurum s'agitait, se contordant, si peu sûre en son vert-tendre intense.

Une *pensée* noire, d'un inattendu et même stupéfiant noir, garde au cœur une lueur violacée : quelque tare, qui résiste à la cessation définitive.

Nous resongeons à Honfleur au plateau de Notre-Dame de Grâce, d'un précédent printemps, à ces arbres d'un grand âge, presque druidiques, alignés religieusement et abritant la chapelle minimement blanche de Marie, protectrice de la mer. Ces chênes, ces ormes, ces frênes sont robustes, sveltes, fiers. Les ormes « à l'écorce digitée », selon l'expression de Shakespeare, sont les plus forts; les frênes s'élancent nuancés. A l'arrière du jardin du presbytère, des pins s'élèvent chaudement sombres, deux hêtres rouges chantent un prématuré automne. Des rayons au crépuscule caressent les fûts séculaires, les hiératisent.

Laufen.

Devant la glace, mon amie me redit, ce soir, ce que trop de fois j'ai ressenti : « Quand je me regarde, je ne me reconnais pas, ma figure n'est pas en accord avec ce que je sens. » Pour ma part, quand je me vois dans une glace ou autrement, je crois voir mon péché.

A Rheinau, dans cet ancien cloître maintenant transformé en hôpital d'aliénés, il n'y a pas souvenir de l'Islandais saint Fintan du VIIIe siècle sauf une sculpture de sa légende, informe sculpture de pierre dans l'église restaurée. Là quelques saints momifiés effrayent, ils simulent des idoles et sans la grandeur de l'Égypte. Ces saints sans histoire, cuirassés dans une armure ou aveuglés de pierreries telles que des lunettes plus macabres, hideusement luisantes, sont cependant moins effrayants que l'incurable aliéné remarqué immobilement fixé debout à sa fenêtre grillée. Le Rhin, de l'autre côté, passe aux pieds du lugubre édifice, il glisse son eau indifféremment rafraîchissante.

Une autre fois, en barque sur le fleuve au long de la bâtisse blanche des inconscients plutôt tranquilles de Rheinau, nous avons vu s'envoler un petit oiseau de la fenêtre grillée ouverte de l'un de ces prisonniers de leur raison sombrée.

2.

Cet homme assis a bougé à peine la tête nous regardant passer, il nous a paru dans un étonnement placide. Quelques linges étaient appendus aux barreaux de fer des fenêtres. Mutisme sourd de ces égarés, au lieu même de la pénitence des religieux.

Une autre après-midi sous le soleil sur le fleuve, minutes intenses, d'une simplicité confuse, où nous filions sans plus ramer, selon le courant berceur. Une forêt de pins, traversée quelques jours auparavant avec la pluie et comme mythique en la déliquescence de son brouillard, maintenant bordait une des rives, s'entre-fermait captatrice. Tiges droites, branches horizontales, obscurément légères, entremêlements touffus et déliés, bleuâtres, que le fleuve, nous emportant sans que presque il y parût, ne nous laissait parcourir des yeux, subodorer qu'à la hâte. Un coucou se fit entendre quelques instants avec persistance, heureusement ce semblait pour étendre l'amoureuse sensation de tranquille fragrance. Sur l'autre rive, le sol allait s'étageant, buissonneux. Pas une demeure d'homme ne gênait cette solitude sous le midi. Un saule seul, tout au bord du Rhin, papillotait dans sa cendre argentée.

En entrant dans la nef toute romane du *Münster* de Schaffouse, nous retrouvons, comme aux ruines de Jumièges, une paix moins triste qu'humble. Sur une colonne une fresque détériorée se ranimait dans une diaprure vacillante, que filtrait un vitrail. Mon amie a cru r'apercevoir, derrière l'enfant, le visage effacé de la Vierge.

Nous avons beau relire l'évangile thaumaturgique de Marc, la personne messianique de Jésus, redoutable et attirante, de divinement fine, révivifiante intégrité : nous n'entendons, sous le ciel brûlant, que le vent aux récurrences brèves, les eaux cataractantes, le cri sans variations d'un pinson dans les feuillages.

Les pins au-dessus du Rhin, en face du hameau de Nohl, de ses quelques maisons paysannes se suivant à mi-côte, ces pins rougeâtres et parmi eux d'obliques sentiers nous ramènent à d'autres rives, en Italie, en Bretagne, et c'est aussi des bouleaux du nord d'un blanc de soie volatilisée. Le fleuve en bas file son eau luisante, agréante, onde qu'on n'entend point, elle se laisse seulement sentir, tandis que sur les galets de sa rive inhabitée on la longe. Et des anémones au violet éteint et diaphane, et de petites fleurs étoilées à ras du sol dans leur jaunâtre fantasque, et des aromes épars retiennent. En cette gorge tournante, aux courbes sans tortuosité, le fleuve, à des coins, coule dans son ombre verte, mystérieusement pure.

La nature est le mirage de l'Invisible. L'univers serait tel qu'un diamant ayant Dieu pour noyau, pour lumière, pour harmonie de ses facettes; sans Dieu, il ne resterait plus, en place de la forme précieuse, que du charbon.

L'idolâtrie anthropomorphe est la plaie vive des cultes.

Quand me reviendra à ma rencontre mon âme, selon la foi virginale des premiers Perses, dans l'éden des réviviscences ?

De notre réveil matinal à Schaffouse nous revient la vue aimablement dérobée, moelleuse des corneilles sur les toits un peu bien rouilleux et à lucarnes faîtières. Ces oiseaux avaient une familiarité non domestiquée, c'était entre eux une causerie tardive, tout le corps coquet à son insu dans un deuil point ténébreux.

Le soir à Laufen, les corneilles passent en bandes un peu désassemblées sur le ciel, on dirait au long du Rhin, de ses falaises, de ses verdures ; elles retournent de leurs toits de Schaffouse aux tours de l'église de Rheinau, où elles reviennent dormir. L'escalier de ces tours est fienté d'elles, comme anciennement. Et, le matin, elles repassent haut dans les airs, avec leurs cris tendres, tristes, elles vont reprendre possession des maisons schaffousoises aux modiques cheminées en briques, en forme de temple grec minime.

Un pinson, dans le paulownia du jardin, nous importune de sa trop pareille siffloterie. Cette gentille bête s'interrompant de siffloter pour se lustrer les ailes nous devient presque mécaniquement horrible. Et la chute du Rhin chante son mouvement tournant qui ne tombe jamais, qui se suspend sur l'âme sans trêve. De temps en temps seulement se distingue le bruissement des feuilles des arbres, bruissement de vent volant, calmant, presque heureux.

De retour quelques jours à Paris, nous avons revu, au même banc d'une avenue, avec sa compagne la jeune fille, le col plus péniblement fléchi. Dans l'expression mollifiée, comme à l'écart, de ce visage nymphéen se réservait un soupir.

Rolandseck, juillet.

De Paris cette fois nous gardons le souvenir étrange du nouveau tableau de primitif au Louvre, la princesse d'Este de Pisanello. Petite femme, la tête s'emmanchant au long col, presque idiote et pas bonne, le cou dénué de grâce, sans un cheveu follet qui y voltige, cou désolément glabre, mais les cheveux nés et relevés et noués mousseux, toute la figure presque hébétée dans une pâleur terne et lisse, les traits pincés et un peu gonflés dans une ombre rusée, l'air en une retenue qui se fige, un peu vraiment un animal en arrêt. Que donc, avec cela, délicieuse cette peinture, cette tête glacée et demi-fauve, inexplicablement jaune, parmi le ramage orfévré des fleurs, des papillons, qui l'entourent, l'enferment, l'exalteraient! Le buste, étroit, sans taille, un corsage en porcelaine bizarrement plissé, dévalant, cette poitrine plate de ladite princesse semble d'une inconcevable nabote, confondante et pétrifiée, sorte de marotte morne, parmi cette fête elle aussi en un sens artificielle de fleurs peut-être trop précieuses.

« Dieu seul est plus grand que mon cœur », cette pensée de saint Jean s'en va sans mesure en Dieu même.

Cette nuit, de notre chambre, le Rhin

se voyait contenir, bouger les reflets des verdures des rives. La ligne des monts plus loin ondulait au long du ciel, indécisément montante. Il n'y avait plus ni haut ni bas, eaux, ciel ou terre. Dilution aérienne, aqueuse des choses. Et l'éther humide s'espaçait en une envolée confuse, et les eaux un peu larveuses se laissaient deviner sidéralement profondes. Nous nous sentions rester suspendus longuement à ces rives baignantes.

Cette après-midi, le long du fleuve dans un sentier, sous un ciel couvert, c'était un remuement des peupliers et des saules de la rive, sur l'autre plus bas des cimes effilées d'arbres et des clochers se confondaient, et le Rhin coulait rêveusement son eau moirée. C'est, cette eau indéfinissablement filante, si reposée, vaste, secrètement fière, c'est, cette eau glacée et embuée, une vive émeraude glauque, comme une danse presque antiquement figée, on ne sait quels cercles brisés, quels enlacements perdus, la danse réapparaissante des souvenirs évanouis; fugitive, plus amoureuse luisance. Dans ce fleuve souverain, les lignes les plus tortueuses s'entrefondent, en son jour d'eau si doux. Et par delà l'oseraie flexible de ses rives, par delà la broderie des feuillages si pâles des saules, le Rhin allonge, recueille sa perspective halénée d'une indéfinie mélancolie.

Le sentiment de la présence de Dieu serait un enfoncement d'immensité, l'influx de voyance pure.

Sous les nuages, les ruines XIIIe siècle de Heisterbach, où se figure l'œuf d'indissoluble et fuyant attrait des mythologies, s'adornent en leurs fines colonnes basaltiques d'une apparence cendrée, vaporeuse. Et il ne convient de trop s'avancer vers elles ; on n'accède pas au charme de l'illusion. D'ailleurs, est-ce une illusion la beauté d'une certaine brume vague et encore linéaire ? l'atmosphère n'a-t-elle pas son âme ?... Sous ces puissants noyers entre le gazon, parmi les monts alentour, avec les frênes de féerique élégance derrière le simple hémicycle du temple-cloître, on contemple, un peu aussi comme du fond de la Grèce, le module affiné des tiges de pierre, elles semblent vibrer en un intime rhythme, et, si elles rappellent des fûts d'arbres, si même elles s'y remêlent, surtout aussi elles idéalisent, condensent les formes éparses, désordonnées de la nature. Le vent, là, arrive en des dilatations calmées, comme si déjà, avant de passer l'enceinte, il s'entendait sur le bord de la route avec les deux mares lentilleuses.

Aux crépuscules du soir, on sent, selon l'expression biblique, décliner les ombres des figures; à l'aube, ces ombres s'éveillent en une absence charmée. Et ainsi la figure tardive ou matinière de la nature paraît, éperdument, en fuite et en retour vers son inconnu, son original.

Le Rhin, ici, n'est plus jeune comme au sortir du lac de Constance, il a pris de l'âge. Mais s'il n'a plus cette sérénité, cette limpidité verte, encore insouciemment filante, en revanche il a gagné en profondeur songeuse; son eau vous pénètre davantage, elle s'est accrue, s'étale intérieure, enfin elle semble reculée, s'abstraire dans sa fluence de givre.

Sous la pluie d'orage, le fleuve laisse agiter, ondoyer, pourrir son eau comme langoureuse. C'est, dans l'espace rafraîchi, des brumes, des fils tombants ou vaporisés. Et l'île de Nonnenwerth avec son court clocher, qu'obombrent les arbres du couvent de franciscaines, paraît plus recluse, mais gracieusement posée, peut-être flottante entre les anses du fleuve.

Mon amie me disait de son enfance : « Quand maman s'en allait quelques heures de la maison, je restais à la fenêtre jusqu'à ce que je voie reparaître son ombre sur le chemin. »

Nous entendons des murmurations sur la route entre les tilleuls. Paysans chapeau bas, le chapelet aux mains, l'air vrai, paysannes après eux, moins attentionnées peut-être, ces sept priants s'en vont, sous l'incertain ciel, vers saint Apollinaris demander une guérison.

Hier soir, au crépuscule, tandis que les montagnes se vêtaient passagèrement d'un bleuâtre enliné, et que Nonnenwerth demeurait comme isolée dans sa verdure sans teintes, nous écoutions au bord du fleuve l'orgue de Barbarie, il avait perdu de son aigreur qui se langoure, et l'homme presque aveugle au visage uni et usé, incliné faiblement, nous laissait une caresse non flétrie.

Ce soir dans un sentier étroit, je suis les eaux d'un vert grisé. Elles reviennent de loin, vont plus loin encore. Et elles captivent au passage, s'entretouchant, s'entrebaisant de leurs formes ovales si susceptibles; un instant elles se redémêlent, puis déjà sans hâte, sans lenteur elles se retrouvent, s'oublient, se rentraînent toutes. A intervalles, il s'échappe d'elles un doux bruit arrondi et mouillé, cajolerie susurrante qu'on sent refondre, voluptueusement pure, dans les plis mouvants, reperdus de ces spirales-ondines.

« C'est effrayant, » me dit mon amie, « ce que j'ai lu une fois : on redeviendra l'araignée qu'on a prise dans sa toile. » Ah! l'insondable accru des responsabilités.

Devant ce paysage sous des nues d'une blancheur ouâteuse, où se rassemblent et se dégagent des ombres lumineusement pâles, devant ce fleuve unique filant son mirage réel, on songe tout reviré aux fontaines tournoyantes que sont à Florence les femmes dans le Printemps de Botticelli, à ces courbes de grâce qui coulent, adhalent, fascinent presque involontaires.

Paris.

La rose XVe siècle de la façade de la cathédrale d'Amiens est moins florale peut-être encore qu'onduleuse, et parmi ces linéaments d'une longueur enlaçante et fugace repose l'étoile des béatitudes, filtre et fuse le mystère d'harmonie.

A table, une caniche, qui vient ces dernières fois m'assister discrètement, m'a, sans que j'exagère, troublé par son regard d'amitié. Le bout du museau est grisâtre, gaminement vieilli. Tandis qu'elle me regardait, sans insistance du côté de la gourmandise, car elle ne prend qu'avec choix et peu, du bout de son nez flaireur et de sa langue, je regrettais presque de m'être promis de ne plus m'attacher de bêtes. Enfin, il est des liens qui se nouent dans l'imperceptible, liens naturellement merveilleux par leur point d'éternité.

Dans la patrie des rêves, est-il rien de si exquisement, intimement pur en une modestie d'amour, que la recommandation de saint Boniface très âgé, avant d'aller de lui-même au-devant du martyre, qu'on joigne, en vue de leur double résurrection confondue d'avance, ses ossements à ceux de sa diligée l'abbesse Lioba la sereine très douce, sa compatriote et son auxiliaire !

Plus peut-être dans le ressouvenir, avec son chatoiement tendre d'or viride, le Rhin prend des proportions de grand serpent de la fable, il retient en ses anneaux fuyants et s'insinue à l'âme éblouie, il l'endort, la fige.

A ceux qui insistent, affirmant que Jésus était le fils naturel du misérable Panther, lequel selon une légende talmudique aurait traîtreusement surpris, forcé Marie par une simulation de son religieux fiancé, il est très simple de répondre que ce viol consacrerait par une inouïe tragédie la pureté de l'humble Vierge et rendrait à son Fils une origine plus mystérieusement haute. — Mais, selon aussi une autre légende talmudique, « la petite fille prédestinée, Marie, portée par ses parents au temple et posée à terre, monta toute seule les degrés de l'autel; ainsi, à ses trois ans, ses croyances ne lui furent point imposées; elle resta dans le temple jusqu'à l'âge de quatorze ans et se prit d'amour pour la beauté éternelle. C'est pourquoi elle dit : Je suis la servante du Seigneur; c'est pourquoi elle ne fut jamais servante d'un homme. »

En Marie est éclose la grâce suprême d'une pieuse pitié.

Couchée contre une tige et entre les pieds une rose près du pis, notre chèvre blanche en vieux-saxe figure l'Amalthée des légendes, célestement virginale, sans plus les caprices obscurs de la terre. En sa pose et son repos intermédiaire, elle rejoint l'arbre et le fruit, la fortune et l'infortune, elle présage le signe extrême, s'efface surélevée, se métamorphose en la rose-croix.

La vierge-mère n'est-elle pas toute dans son enfant, qui la relève par son innocence? par lui seul la volupté s'expie et s'épure, le foyer se fonde. Aux Éleusinies, un petit enfant nu témoignait, par sa simple présence sur l'autel, de la divine Vérité, il était l'hostie votive, rédemptrice, amable.

D'une nuit de fin d'automne, comme nous descendions de wagon sur la place de Pise, la sensation nous reste extraordinaire et savoureuse, sous les étoiles magnifiquement resplendissantes de ce ciel d'Italie et prochaines, d'avoir été, je dirai, touché d'elles, palpitantes dans un velours.

Cette nuit de fin de fièvre, je me retrouve, comme à mon insu, sur le Rhin. Des fois avant l'orage, lui viennent des teintes d'un bleu irisé, d'un glauque phantasmalement violi, prolongeant des délires dans un silence moite, sans nom.

Hier une fillette en deuil dans les douze ans, pendant le repas, entre deux hommes aussi en deuil où elle restait isolée, nous préoccupait de sa maigreur un peu efflanquée et fine, sa mine moins taciturne que revêche peut-être et éveillée, la découpure non trop régulière de son profil presque oblong et comminant; ses boucles brunes tombantes ne se jouaient au long du visage déhâlé se possédant dans ses lubies.

Par instants intenses, c'est comme si on baignait dans une atmosphère morale inexpliquée, amie et étrangère étrangement, quelque hypersensible effluve par delà les limbes de la terrestréité.

En ses restrictions comme de chapelle, l'église Saint-Séverin a un recueillement accueillant, foyer voilé et lustral, lueurs si peu gélides qui ménagent, fraîcheur invétérée, surfinement désargentée.

La statue de la Vierge XIVe siècle, dans la cathédrale, à l'entrée du chœur, sur sa colonne d'où, au chapiteau, émerge une sirène pleine de honte, se courbe en croissant, en onde toute calme, le galbe reste elliptique, la bouche a presque une contrainte, le regard un sourire lacrymal, et on s'étonne de ce ridelis de la physionomie problématiquement, fragilement modérante.

Ce que j'ai vu de plus répondant à

mon intime et formel désir, est d'Angelico la vierge *passant la mort*, aux Uffizi. Endormissement suave de cette féminine apparence chaste, dévêtue de sa corporéité et longuement recueillie en la légèreté idéale. La pâle robe s'enroule comme à de grêles colonnes filantes, fondantes.

Dans la rue les gens apparaissent, plus volontiers vers le soir, portant leur cachet astral. Ces têtes humaines se relient, la plupart médiocrement, mais enfin en une ombre malgré tout figurative, aux lignes vives des nuits abîmantes.

Sainte Claire d'Assise voyait si clair dans son sommeil célestement somnambulique qu'une sœur de son monastère s'approchant d'elle avec une lampe un samedi saint, après deux jours d'extase et comme la communauté craignait pour l'endormie immobile en sa cellule, l'humble et merveilleuse Sainte alors réveillée dit : « Pourquoi avez-vous cette lampe, ma chère sœur ? n'est-il pas jour encore ? » Et cette même Claire de *haute pauvreté*, au moment de mourir, en un rayonnement de joie supérieure, s'adressait d'un air affectueux non plus à ceux qui l'entouraient, elle parla, selon ses propres termes, « à son âme bienheureuse ».

Combien la voix, l'attitude de l'officiant, aux messes basses, peuvent gêner ou au contraire reposer, aider ! sans doute, il conviendrait de ne plus voir, dans le prêtre, l'homme. Mais enfin, pour une âme maladive, ces austérités de l'esprit absolument détaché sont excessivement difficiles. A mon sens, un prêtre âgé, d'un maintien alenti et oublieux de soi, comme s'invisibilisant dans le sacrement de l'autel, ce prêtre-là, très rarement rencontrable, consacre, exalte la prière du fidèle. Du moins, je l'ai éprouvé, à l'instant spécialement encore. Et, je le répète, cette consolation d'assistance pendant l'office ne m'est pas coutumière. Quand ainsi rien d'humain ne m'apparaît plus, pendant une messe basse matinale, les tristes troubles m'ont quitté, on se sent repris à la grâce de l'eucharistie, elle s'évoque en sa toute-présente idéalité.

Les signes de l'officiant sur le calice avant l'Élévation, signes en cercles et en croix, me semblent exprimer, diffuser, renfermer la triple vie infinie, la spire concentrique, le double de l'être émanant à jamais de l'incommunicable et refondu en l'absolu d'amour. Signes de ces mains formant sur le calice et l'hostie une impalpable chaîne libre et régulière, tout efficace. Sous ces doigts consécrateurs, on verrait les ondes de l'air, entre ces doigts à ces secondes merveilleux et le calice comme plein d'une attente sacrée, oui, ce serait à croire voir les ondes de l'air se transfigurer immatérielles, se reperdre immensément sans plus de figure en Dieu.

Cette nuit, je voyais, éveillé, comme des lignes troublantes dans l'atmosphère endormie de la chambre. C'était comme des faucheux, fils très incertains et compliqués, je ne sais quoi embrouillant un moment un coin de l'air dans la chambre mais avec presque une netteté d'épure. Et cela se reconfondait aussitôt, extrêmement fusible. Puis aussi comme une queue de chat noir relevée, la partie antérieure du corps absente, l'autre plutôt dans une sombre transparence.

Dieu seul saura, au jour marqué, nous débrouiller de nous-même. Qui donc se voit, au ténébreux miroir de sa réalité?

Ce matin, à une messe basse de mort, je me sentais peu à peu enveloppé, à la consécration, d'une ambiance abstruse, pris dans un courant, un lien d'âme. La nappe de l'autel amortie en sa blancheur, les flammes vermeilles glissant au long du calice, cette candeur recluse en l'hostie, en ce soleil calmant, cela enchante.

A une des fresques Lemmi, celle des vierges, que depuis des années je revisite de si loin, a dans le visage une moue délectable qui s'enfle de larmes réservées.

La glace dans notre chambre, de nuit surtout, nous est une cuve intraversable, d'une netteté si désolante que notre reflet nous apparaît un reproche vivant.

Une un peu hybride apparence, cette tête désavantageusement galante de femme en fleur de lune dans sa collerette-corolle sur le buste en gaîne, parmi des ténèbres semées de scintillements d'un blason délébile.

Des chants de bénédictines, à leur chapelle hier, nous rehantent cette nuit, chants frigides de célestes berceuses. Ils s'affinaient et filaient en leur altitude d'azur, se creusaient aussi en crypte marine.

A un hymne des vêpres aujourd'hui, chez ces mêmes religieuses, les alternances ondulantes, berçantes des voix reculaient dans une lucidité nivéenne, c'étaient des voix allègres et épuisées, d'un halètement fluet, voix modestement fidèles.

La messe, y assister non vainement, c'est se créer une obligation, en sortant de l'église, de réaliser la lumière salvatrice. Mais qu'il est donc délicatement difficile de communiquer à propos avec autrui!

La primitive florentine du musée de Francfort, au sexe inassignable et dont le regard discerne et déguise, nous titille de sa chevelure dorée aux mèches ondulées si minces, qui dévalent en vrilles fignolées sur les épaules et la gorge tracées d'une écharpe blanche.

Des glaces se faisant vis-à-vis et se répercutant diminuantes les unes dans les autres, leur prolongée monotonie sans arrêt engouffre l'image même du vide.

Ce soir d'octobre au coucher du soleil, nous avons vu les corneilles se désassemblant à peine dans le ciel hyalinement clair, les poses de quelques-unes aux pointes nues des branches des grands arbres du parc de l'Élysée. Des feuilles de peupliers avaient un tremblement, touchées de lumière et comme un peu déverdies. Les vols crucials des corneilles tachaient l'éther d'un obscur augure.

Dans le Saint Jean du Vinci, le doigt

qui se lève, singulièrement s'érige, n'a-t-il pas cependant une indication totalement pure? Le sourire indéterminément étrange veut être entendu par delà les désillusions. Vinci a dépassé, ici, les contingences. Jusqu'à la chevelure dont les odorables ondes se crêpent abondantes au souffle de l'esprit. Tout le sens double des êtres, en ce portrait conjectural, se mitige, se refusionne en l'unité sainte. On ne se désenlace de ce sourire d'oracle, ce sourire sous le front flamboyant.

Les glaces, recéleuses de clartés rigides et louches, paraissent étouffer le silence.

Ce soir, sous le bleu d'un ciel obnubilé, sur l'asphalte crûment blanchâtre, dans une avenue quasi déserte, j'ai été frôlé sans qu'elle me vît d'une naine déjà rencontrée, d'un certain âge mais sans guère de rides au visage d'anémie, la pauvresse passait aidée de son petit bâton, elle m'a laissé, en l'incommensurable de l'éveil nocturne de la Nature, une non désagréable, peut-être même sympathique inquiétance.

N'est-il pas presque cabalistique que les plus splendides créations aient été annoncées ou même imposées par des songes ? A l'évêque d'Avranches, à l'aube du moyen-âge, fut ainsi révélé l'ordre de sacrer ecclésialement le mont Saint-Michel.

Le Rhin au fond, de façon androgyne, se caresse et s'ignore, il est complexe et harmonique, vif et indolent à l'infini, il s'épanche virant dans sa fuite confusément profonde. Et, entre les nuances fantastiques et sinueuses de ses eaux continûment abandonnantes, vagabonde son murmure.

Cette nuit, une planète, tout au haut du défilé de la rue, se fait plus terrifiante. Elle luit dans sa fixité terne, elle plombe. Ces regards durs et morts des planètes n'humilient-ils pas superbement la nôtre? ne la restituent-ils pas à elle-même? Les planètes, petits mondes errants en vanité dans la perte de souvenance!

Un crapaud du Mexique noir tacheté de blanc nous a intimidés. En l'immobilité difforme de cette idole à la respiration léthargique, idole chthonienne ou plutôt sorcière, où les marques même blanches paraissent des taches encore et s'absorber dans la robe ténébreuse, les noirs yeux étincelaient de veiller, ils gardent une beauté maudite.

Aux dessins du Louvre, une jeune flamande XVe siècle, à l'enserrante coiffe dont sur le front la pointe se trace en un fin angle, laisse dans les yeux aux coins si peu relevés son regard poindre embrumé. A lui seul, ce regard est une pudeur.

Une nuit de fin d'automne à Menton, nous voyions tomber la foudre draconienne et argentée dans la mer. On tressaille à cette chute diaboliquement zigzagante. Mais qu'est-ce que cette brûlure ignée élémentaire, en face de la splendeur inexprimablement heureuse, Celle divine qui absorbe en Elle toute vision !

En mémoire ce matin de sainte Thérèse, chez les carmélites, à la messe conventuelle. A gauche entre l'autel et les invisibles religieuses, la hautement sombre grille en fer quadrillée, à l'inextricable et détachante figure, grandiosement retient dans une épouvante, certes salutaire. Pendant son allocution, le digne prêtre, ne quittant pas l'autel, s'est tourné vers les invisibles de derrière la grille apparaissant alors plus close, et c'était vraiment à une porte sépulcrale qu'il s'adressait. Puis, à la communion des cloitrées, le prêtre, sous une ogive dormante dans la pierre blanche, a donné, à la lueur d'un cierge, l'hostie à travers un très secret grillage, sans un mouvement ce semble dans l'auguste silence, le dos de la chasuble d'or seul visible et couvrant le rite plus mystérieux.

L'empereur Othon III, demi-byzantin demi-germanique par filiation et par tendance, apparaîtrait dans son contraste chancelant un profanateur scrupuleux, alors qu'il fit la toilette au fantôme cadavérique de Charlemagne, par lui révérenciellement exhumé sur son tombeau.

Au couvent de Marienthal, sur un affluent vivré du Rhin, à ce couvent en ruines sous leur lierre, si de hazard une jeune vierge en passant regardait par les baies, elle verrait, dit la légende, les nonnes revenantes.

Dans notre coquillage roux-fané et tricoté de la mer des Indes, quand nous l'approchons de notre oreille, on réentend, charmé, une rumeur toute lointaine, brisante, elle se r'enroule et rôde.

A la chapelle de la Vierge ce cierge, qui devant le tabernacle luit purement invariable, exalte l'amour nu des élus.

Le fond de l'enfer est l'impureté. La pureté absolue nous dépouillerait aussitôt de nous-même.

Tel qu'un diamant bleu à entourage d'opales, Dieu est l'arcane limpide et le seul nom de l'innombrable, il est l'Unique qu'il faut que toujours on adore.

Au petit jour de perle, les dernières étoiles apercevables les suivre éperdument, tandis qu'elles s'égarent à l'invisible de l'horizon et titubantes en une teinte extrême d'or gris qu'on entendrait tinter, n'est-ce pas le plus naturel effort de la parcelle lumineuse de notre pitoyable être terrestre, effort qui s'entourbillonne diversement universel !

L'extrême-onction semblerait vouloir charmer la mort.

Dans une serre à l'ampleur exotique, marcher en rêvant parmi des végétations radiées et expectantes, près de certaines feuilles posément confuses, comme endormies, aux lignes comme déjà chiromanciennes, s'arrêter devant une pelouse où le mauve apâli des primevères semble une remembrance de paradis. Puis, à une passante, l'abondance négligée de ses cheveux de lin aranéens.

Par cette matinée, après l'âcre soleil d'hier, tendrement grise, les feuilles des arbres nous accompagnent de leur chute détournée.

Dans l'éther scintillant des nuits, les cathédrales gothiques filent en de longs silences leur féerie blême et angélique, dégouttelante de rosée gelée.

Les orbes annelés des mondes filent un lacis de lignes qu'on croirait se r'embrouiller indéfiniment et fuir, elles restent indémêlables hors du cercle central.

Les aiguilles des horloges fauchent de seconde en seconde en vain le fil du Temps d'insensible présence, d'immortalité passée ou future.

Dieu est la contagion d'éternité.

On ne pénètre pas dans la cathédrale de Beauvais que déjà on s'arrête, affolé, étourdi de cette hauteur confusionnante, de cette verticalité vertigineuse. Là apparaît un cœur, une tête tronqués des parties basses; et cette tête et ce cœur d'une mystique frénésie de martyr transfiguré se témoignent en un resserrement, suprêmement surélevé. Agonie élancée de l'encastrante pierre, aux fusées durables, pénombrales, presque ondoyantes, pierre anciennement coulée par des eaux glaciaires et comme fugitive toujours. La cathédrale indéfinissablement mutilée, inviolable en la ronde solitaire de son chœur, enivre de son effluence filée, supérieurement enclose. Aux murs, la froideur moisie s'attendrit sous les tapisseries d'une ténuité dérosie, grisâtre. Et à travers les vitraux qui tout au bord de l'étroite voûte se dérobent, des vols de corneilles par moments dérangent sans trouble des rais sur elle de lumière. C'est, ce sanctuaire nonpareil, je ne sais quel puits de l'abîme du Très-Haut. On s'attarde à longer du regard les grandes colonnes sans symétrie, joncées, comme fossiles et vaporeuses, rassemblées en leur confondant silence; on pense à la flèche jadis écroulée intacte là même, et dont n'émergea sur la masse monumentale que l'extrême pointe.

Mon amie aujourd'hui me délivre d'une pensée que depuis hier, à notre visite à l'église romane de Saint-Étienne à Beauvais, je gestais en moi sans arriver à me la définir. C'est l'étonnement, le trouble aussi, quand dans ce vieux temple plutôt fruste nous aperçûmes appendue au mur une femme crucifiée, Wilgeforte. Cette sainte visigothe, réfractaire jusqu'à la mort aux noces humaines, ne demeurait pas tant surprenante que la vue, dans une église, d'une créature usurpant, même peut-être parodiant le signe essentiel du Sauveur. Et d'ailleurs, ne semblait-elle pas reléguée au bas de la nef en un coin, cette femme de grandeur naturelle, masquée et toute vêtue ? rictus écorchant la joue, où la douleur se brutaliserait de ce masque goîtreux entre les cheveux tordus et lâches.

Dans la brume matinale diluée qu'on dirait se déteindre peu à peu des rêves de la nuit, il est propice de considérer, de la place vaste de la Concorde comme d'un point d'osculation syncrétique, l'obélisque en son rose sacré à secrètes images et, plus loin que le fleuve dissimulé entre les quais spacieux, les gothiques clochers de Sainte-Clotilde entrefendus, ouvrés, aériennement grisés.

Trembler devant un serment que l'on s'est fait à soi-même en Dieu, c'est, je crois, la plus roide des religions.

Dans la messe, réel et immaculé sacrifice d'amour, les cultes primitifs de la haute-Asie se rejoignent enfin en l'équilibre hermaphrodite de l'être, en la blancheur enchantée.

La mémoire d'une grande morte diligée, d'une Julia Domna, d'une Théodelinde, d'une Tiphaine Raguenel, d'une Corday, retrouvée quasi par miracle dans la résurrectionnante attitude d'une grande actrice, cette apparition se figerait, il semble, en une insoluble ambiguïté condamnant le contemplateur à ne pouvoir plus différencier l'une de l'autre l'incarnée et l'incarnante. Au fond, sans doute, ce ne sera jamais vraiment la morte, ni l'âme même de l'actrice, plutôt peut-être un composé fictif, douteux.

Au bassin des Tuileries, que ceint à distance un végétal grêle à cette saison, le jet d'eau effile, contre l'immobile rectitude de l'obélisque un peu éloigné, une crosse ondée et vive s'éparpillant retombante dans le frissonnant cristal vert morne.

Au chœur de Beauvais, sous cette altitude perpendiculaire, on ne sait quoi de l'âme des choses plonge hors d'atteinte.

A Notre-Dame de Paris, en ce vaisseau moins souffrant peut-être que pontifical où transpire un sentiment de l'Essence imparticipable, de l'inabordable rive, on adorerait de préférence Dieu le Père. Cependant la rose violette de la façade s'enveloppe, à l'intérieur, d'une teinte d'améthyste sur la pierre concave. Ivresse consolante des retraites !

Nous continuons à être gênés parfois, dans nos chambres, par des fuyances ombrées et hyalines.

Au portail de Notre-Dame une vierge âgée, dans la main gauche inclinée le sceptre de l'interprétation, garde, dans la droite ramenée à elle, sa fleur. *Virgo illibata* — Vierge non répandue.

A ces vêpres de la Toussaint à Notre-Dame, nous regardions, au-dessus de l'autel constellé de cierges, jouer dans le dôme de pierre et de verre irisés un jour d'arcen-ciel aux dégradations lavées et moribondes, et des noces se présageaient reculées à l'heure dernière, l'heure de l'ombre triomphante.

En ces cathédrales, les longues lignes aiguës et courbes et droites de la pierre et les cercles des verrières se dégagent, s'éclipsent, se renuancent, s'enfuient, se refondent, selon un nombre infus de pudeur pure, nombre absconse. Initiation intime, vraie prière. Tout, sous les hautes voûtes, s'échappe et se renoue, s'engouffre et s'abrite, s'incline endolori en l'Esprit dont il semble que se profile l'indivisible, l'inembrassable.

Une prêtrise efficace exige des thérapeutes.

La nudité chaste du nénufar tient aux eaux profondes, cette coupe de Vesta est retenue par une tige élongée, unie, quelque fil ombilical.

Dans le *scherzo* en ré mineur de Schumann, une douceur natale exhalée de ces volubilis.

Parmi les dernières rouillures rougissantes des feuilles automnales, le vent traîne une voix de vain retour.

La libre nécessité de la grâce divine : ne serait-ce pas peut-être la formule finale, l'entente définitive de la métaphysique et de la théologie ? l'adoration inutile de la beauté absolue, l'adorer en elle-même, pour elle seule, par essence ! toute autre doctrine ne se concevant que comme une hérésie.

Il ne tiendrait qu'à chaque âme de vouloir réadhérer à Dieu, à son insaisissable et perpétuel rayonnement. « Le ciel, » a dit sainte Catherine de Gênes avec une ampleur sublime, « le ciel est sans portes. »

Sous le voile eucharistique, la présence songée de Dieu érige le communiant non indigne en un vivant ostensoir.

La vierge, au musée de Bâle, de Glockenton au nom prédestiné qui tinte un angélus, s'élève au-dessus de la spirale du fleuve et des toits et de l'hiératique cathédrale, elle s'élève dans ses tresses de cendre dorée et, alentour, des clochettes de muguets d'une blancheur nacrée font silence, un silence vierge.

Dans ma détresse chercheuse, j'ai été traversé à l'instant d'une perception que je ne saurais dire, perception indubitable, si calmante, que Dieu est le Présent même, le Présent toujours.

Le Christ au Thabor dans l'illumination de l'extase, puis sur la croix abandonné du Père, le Christ enfin hors du sépulcre et en une frissonnante supersensibilité se rattachant uniment au Principe : triple vue divine de l'Homme, que glorifient ses abnégations, ses belles défaillances, ses réserves prescientes qu'on ne touche pas.

Sainte Catherine de Gênes s'est oubliée elle-même au point de s'avouer sans plus le désir même de mourir.

Mon amie ne comprend pas qu'on crève les yeux à des oiseaux pour qu'ils chantent mieux. Mais, lui dis-je, la loi régénératrice exige le martyre. De la tragédie de ces yeux crevés, qui sait si de leur chant endeuillé n'éclôt pas une âme ?

Ce matin, dans la douceur inopinément revenue des airs et des nues d'un gris de pluie et errabondes, au long de la Seine mal frétillante, comme n'avançant pas sous ses cassures, dont le vert trouble me relaisse le regret précieux du Rhin gyrant sans bruit sa course effrénée, plus entraînante en son insouciance, je voyais sur la berge des blocs de pierre taillés, carrés et cubes, blancs amas silencieux, un peu verdis ou cendrés, tombals avant même qu'ils s'édifient. Un peu plus loin, une jeune balayeuse, les bras ballants, dont la jupe avait une mine désolée, me regarda, un lent moment, de ses grands yeux gris noyés emplis d'indifférence.

On souhaiterait vivre un hiver dans une « wacht am Rhein », au bord de ce fleuve entre-fermé de glaces flottantes, d'une nuance d'eau éthérisée, translucidifiée, berçant leur sommeil en une ombre gélive.

Quel donc ce charme délicieusement désenchanté de certaines figures, nullement perverses selon nous, de Botticelli ? pas florentines précisément ni anglaises, loin de la fiévreuse Étrurie et des brouillards du septentrion, ces dames de sensitiveté récalcitrante ont jusque dans l'ondulement des paupières une languissance, qu'allège et éloigne la moue sagace, fugace de leurs visages.

Cependant, la sainte de Gênes évapore

mon chagrin d'amour de certaines botticelliennes. Elle, dit son confesseur, « vivait dans la chair sans chair; elle se trouvait au milieu des hommes sans savoir quels ils étaient... Vers cette fin de sa vie, elle se tenait assise sans avoir la faculté de s'aider d'aucune chose créée; car elle avait le cœur si clos et si serré en Dieu qu'on eût dit que tout son être était fondu et liquéfié dans le divin... »

A cette fin d'automne, repassent et se marient en une rémittence les souvenirs. C'est le glauque du Rhin se grisant sous les sureaux et les saules; c'est les botticelliennes aux grâces variantes, enrobantes, emmitonnantes, qu'on sent bouger, refuir. Et les eaux tavelées et lavées du Rhin et les femmes de Botticelli glissent, en leur analogie, entre des ramages et des brises.

D'un commencement d'hiver il y a deux ans, à la lisière d'une forêt de pins près de l'Atlantique, je ne puis nous oublier séduits par une villa visitée au coucher du soleil entre les houppes obscurcies des arbres et les nues jaunies. Sur sa petite dune boisée, à côté d'une seule autre villa où s'achevait un malade, elle s'entre-cachait, se montrait à demi, sollicitait en un ombrage. En dedans, une aisance de chambres, de mobilier plutôt étouffée mais communiquant leur envie. Mon amie sentit quelque invite maligne à nous hasarder là pour les mois frileux. Elle résistait à me voir conquis par la taciturne demeure au belvédère envisageant, dévisageant les houles virides de la pinèda. Or, une fois installés et toujours un peu, comme d'habitude, en un campement de gens prêts à repartir, nous subîmes elle et moi une influence irraisonnée, filtrant des murs non solides, une influence d'agitée somnolence. Dans les combles inhabités, nous l'apprenions par un apparent hasard, étaient serrés des ornements sacerdotaux, des vases sacrés, appartenant à un prêtre libre vivant suspectement avec une mégère — nos propriétaires, restant à quelque distance. Et de nos fenêtres au petit jour lès aubes, effluentes au loin comme des profondeurs halitueuses de la forêt, parfois effaraient, glacées et gazées ou même pleureusement voilées. En plein jour dans la cuisine, notre bretonne de soporeuse monotonie se plaignait d'entendre tomber près d'elle de grosses chaînes, d'entendre dans l'escalier des pas...; elle ne voulait plus rester seule dans la maison. Et dès avant le terme, conformément d'ailleurs, paraît-il, aux précédents locataires, nous nous décidions à nous en aller.

Il ne nous déplaît pas que ceux qui avant nous ont occupé notre logis y aient confectionné des fleurs. Fausses fleurs sans mensonge, nuances inanimées, fanées d'avance, et aussi comme maquillant un passé.

Dans les Proverbes, ce dimanche, nous relisons ce verset : « Qui est monté aux cieux ou qui en est descendu ? qui a assemblé le vent dans ses poings ? qui a serré les eaux dans sa robe ? » Vision des hiérarchies, des puissances épandues, des mers lunatiques entre leur ceinture d'écume rosoyante, du double soupir d'Isis la noire, la blanche. La nature serait l'épouse possiblement infidèle de Dieu.

Platon dans le Timée et le Banquet; les philosophes théologiens d'Alexandrie; Joachim de Flore et maître Eckart; Spinoza, Hégel, ces hommes ont été les grands maîtres de l'unité synthétisante, de l'amoureuse science contemplative, de l'intime ordonnance. Dans Hégel, les fleurs se réorientant le matin vers la lumière donnent emblématiquement un signe sensible de déjà religieuse poésie. Et il ne faut pas méconnaître le service que Luther par ces paroles a rendu à l'humanité : « libre de l'homme, serve de Dieu ». Hégel a compris, admis la beauté spirituelle, seule beauté vraie, de l'idée de Luther sur la présence subjective du

Christ dans l'Hostie. L'irrémédiable faiblesse du catholicisme officiel est sa dominante d'extériorité. Toutefois, Beato Angelico, l'artiste saint, apparaîtrait en ce bas monde la cime azurée.

S'il est une relique qui réattire vers l'Italie, ce cimetière parfumé, ce serait, au trésor de l'église de Monza, les fioles d'huile sainte ayant brûlé devant les os des martyrs aux catacombes de Rome, fioles de mystique transparence adressées en gage d'héroïsme apostolique à Théodelinde par saint Grégoire le Grand.

Et la naissance de Vénus par Botticelli aux Uffizi! pour n'avoir sur elle osé formuler par écrit mon admiration qui s'excède, elle m'accompagne intouchée tendrement, depuis notre voyage là-bas d'il y a deux ans. Flexueuse femme nue que revêt dès l'origine sa candeur toute décente, prouvant superflue l'étoffe fleurie en un voltigement, offerte par une nymphe sur la rive.

Menton, fin d'automne.

Ainsi nous qui devions ressayer Florence ou Venise, c'est-à-dire un peu d'Athènes ou de l'Orient, nous revoilà dans cette station surtout de malades, comme des infirmes n'en pouvant plus de la vie. Déjà, en descendant à Avignon, je m'éprouvais dépaysé. Ce vent froissant, ces étendues de plaines et de monts calcinés sans presque rien qui vous dise, avec les figures hostiles, adroites ou pompeuses, luxurieuses d'un Philippe le Bel, d'un Clément VI, d'une Jeanne de Naples, ce palais massif des Papes, tel qu'une fortification géante, me laissaient à mon regret de ma continuation terrestre. Le Rhône même, qui coule en longs détours, en des luisances ce matin-là un peu artistement amaties, ne me faisait pas oublier la Provence âpre, inhospitalière, secouante, la Provence signifiée par son vent mortel. Nous entrions dans le palais, une caserne maintenant. Tout y est récrépi à la chaux, et ce masque d'un blanc laid se colle, bêtement menteur, sur l'ombre gâchée des murs du XIVe siècle. Contre celui de la salle où comparut Jeanne de Naples, des arceaux font songer à des arcs-boutants de cathédrale, là, à l'intérieur, d'abord inexplicables, comme déplacés, portenteux. Puis, c'est des fresques, quelques-unes, bien menues, mais si avenantes, déconcertantes de séductions, de surprises, dans ce formidable entassement de murs, de corridors et de chambres mortes sauves. Une figure austèrement, presque monacalement féminine en sa longue robe grise, ce visage par Simone Memmi de femme reculée dans la cendre froide de cette robe droite hallucinerait. Et dans l'oratoire des papes, une autre figure dans sa décevante robe bleu-céleste, cette reine pâle et au ton onctueux, dont la chevelure jaune-roux flambe, se trahit — Mathieu de Viterbe a-t-il intentionnellement peint ainsi la reine de Naples ? — par sa cape jouant derrière la tête une corne. Ce qui captive et repose sans ambages, c'est la galerie du conclave, étroite galerie de cloître, allée lancéolée, sublime et humble, où la blancheur du crépi semble un dernier ornement d'innocence, allée d'oraison pour un Benoît XII. — A l'église des Dons, dans cette basilique de ténèbres adjointe au palais des Papes, un très vieux prêtre au maître-autel paraissait, en le vide complet de l'église, un peu haussé et isolé. Le cierge dont il s'éclairait avait une lueur de limbes. Par intervalles les chants de cette messe basse funèbre reprenaient, chants d'un chevrotement caduc, presque d'un désaccord fébrile. Après l'*Agnus,* les chanoines s'agenouillèrent en un silence de sculptures vermoulues. Tout au bas de l'église, dans les ténèbres là refluentes, s'immobilisait une tache de crêpe, femme au visage jauni, non pacifié, aux yeux luisants sans espérance et sans prière. — Et nous nous laissions prendre à la mélancolie de cette ville d'autrefois, du rien qui reste de ses fausses opulences papales, des succès d'une Jeanne de Naples. Nos yeux errèrent sur ces débris désertés. Le pont ancien sur le Rhône, ce pont coupé qu'on dirait attendre oublié, comme prêt encore à quelque événement de l'Histoire, ce pont en aile cassée imposé sur les eaux violentes et repliées.

A Notre-Dame de la Garde, à Marseille, de l'intérieur nous avons entendu le vent battre furieusement les murs de la chapelle. A ces heures tempêtueuses, on songe à une secourable Notre-Dame de l'air, fortune des pauvres marins. Au dedans de la pierre consacrée, le déchaînemeut des vents insenti se témoignait lugubre, la chapelle devenait l'asile, le haut refuge.

A San Remo, la frontière passée, nous fûmes repris, cette fois encore, par une défection subite, une impossibilité latente, impérieuse d'aller plus loin. L'Italie fige en nous, c'est à le croire, une fièvre ;

le désir de ce pays d'art exquis de jadis avorte pour nous dans une sensation pernicieuse. Nous parcourions, comme l'escaladant, le vieux San Remo, ses ruelles s'enfilant voûtées, montantes, tournantes. Entre les hauts murs resserrés et glacials et porphyrisés, le soleil se relègue loin, l'azur se perd au zénith. Et des tout petits entre d'autres à peine grandis, presque des bébés encore, ont la mine invraisemblablement déconfite, comme déjà raisonnable et prête à la pauvre vie.

Nous nous arrêtons donc à Menton, à des traces là de nos maladies; le regret au cœur d'un très bref séjour en automne autrefois à Florence pour les botticelliennes et les fresques d'Angelico en son couvent et pour Gozzoli d'une si naturelle longanimité. Cette botticellienne si singulière du Palais Pitti, les blandices de son ovale comme légèrement rogné et fondu, à l'oscillation incertaine sous son regard en faulx!

Le matin, avant que le soleil paraisse à l'horizon de la mer, il passe des oiseaux dans le ciel, quelque république ailée, trémoleusement errante en l'espace subtil. Ces oiseaux bientôt repassent, comme ayant été cueillir le baiser des eaux à l'aurore. Signes intermédiaires, messages, présages.

Près d'un palmier aux branches radieusement rayonnantes, parmi d'autres enfants pauvres, une sœurette bien plus grande faisant des jeux inexacts, mixtes comme déjà de mère sérieuse ou enjouée vis-à-vis une sœur bébé, et dans son négligé un peu braque, pas mal échevelée, d'un blond maussade, la voix et les yeux d'une assurance furtive, dans cette gamine il y avait une évagation élavée.

Dans notre vie de passage ici et là, en cette course de notre existence un peu mais songeusement désemparée, assez étrangère, il ne nous déplaît point de retrouver sans qu'ils s'en doutent des gens qui ne nous connaissent pas. Tout à l'heure nous nous retournions dans une rue avoisinant une des églises du vieux Menton, afin de suivre, d'accompagner d'un regard ami un prêtre du pays, remarqué, de précédents hivers, pour son air franc et honteux, toute sa dénuée personne ignorante de soi. Mon amie dit que ce doit être un Cupertino. On sent qu'on ne le dérangerait pas de sa pure absorption.

Mon côté gauche va de travers; de la tête au pied il embarrasse, il s'entrave dans son opacité; ce tiraillement comique entre la gauche et la droite ferait pleurer.

Des plantes, ici, sont faites exprès pour tenter un pinceau de primitif : certains orangers épineux, aux tiges sveltes en leur torsion minime si peu gonflée, aux argutieuses épines en aiguilles attractivement vertes. Un agave sur un mur insinuerait sa torpeur divergente.

La grande sœurette aux cheveux blonds non défrichés, nous la voyons seule aujourd'hui, près de sa mère marchande de marrons; elle est accoudée là, un instant, dans une insouciance qui regarde au hasard, tandis que tombent ou roulent, autour, des feuilles meurtries de platanes, et sa mine un peu passée, indirecte, semble inaltérable aux intempéries et même avec elles à l'aise.

A la nuit au long de la mer, contre un arbre spongieux, à la séparation de ses grosses branches, stationnait l'ombre palmée d'une de ses larges feuilles, ombre telle qu'une défroque ongulée et flasque.

De mon lit, cette nuit, j'ai senti l'étoile que j'aime, elle est vraiment venue me tirer avec instance de mon sommeil trouble.

Cette après-midi de dimanche, à la plate-forme de la petite église de la Mortola, au flanc d'une des collines d'oliviers sur la mer, un paysan suivait fervemment les litanies chantées. Pourquoi seul des autres se tenait-il à une distance du portail ouvert? quelle sollicitude, non démêlée sans doute à lui-même, prévalait en ce croyant effarouché, en cet homme d'austère indépendance?

Devant les morts, on a une peur religieuse de mal faire, leur présence s'enfonce impassible.

Sur le bord de la route à la lisière des oliviers, une petite fille seule emmaillotait de loques noires des cailloux, puis dans de petits tas de sable les couchait, les recouvrait. Au milieu, elle avait déposé un brin de verdure. Cette enfant pauvre aux yeux clairs et irrésolus semblait, en sa folle patience, accomplir une cérémonie intime bien ancienne.

Dans les cauchemars, reprendre engourdi les pseudomorphoses de nos propres avatars obscurs, et en une méprise baroque sur notre compte! c'est à ne pas oser regarder les aubes.

La blonde gamine *évolée,* nous la réapercevons à intervalles. Ce soir sous les hauts platanes aux feuilles presque toutes tombées, elle essayait un pas de polka dans l'ombre et de sa main contre sa bouche nous a mimé un salut.

Paris, hiver.

La dernière nuit, au long de la mer adamantine et sous un bois de pins, nous suivions vainement les étoiles pressées, à travers les espaces et les âges, vers le rendez-vous éternel. A Marseille, les deux tranquilles tapirs du jardin zoologique nous ont reporté aux origines si imprécises, l'un par sa pose somnifère, son profil narquois, embryonnaire d'autres formes, de lents devenirs, l'autre par sa marche de molle dolence, le flairement de son museau en petite trompe mobile.

Dans notre chambre-cellule ici, il nous semble nous ressaisir hors du désarroi des voyages, avec des livres de consolatrice mysticité, quelques lointaines images préférées, surtout dans l'attente tourmenteusement chère de l'Ange. Voici bientôt treize ans — les nombres ne sont-ils pas les raisons rhythmées des choses! — que l'ombre noire a paru et passé. L'agonie, depuis, ne fut-elle pas assez longue?... Quand se révélera, d'au delà le bleu hermétique des nuits, l'ombre heureuse?

Ce matin amadoueur, dans le ciel d'un azur cendré au-dessus des pâles exhalaisons terrestres, la ronde lune se déflore en son éclat de folle frivole, elle se soutient mal dans les airs.

De notre dernier arrêt à Dijon me dure une sensation de repos de m'être retrouvé en ma zone climatérique, où l'humidité adoucit, où déjà quelques brumes détendent; et les ciels s'y attrempent délicieusement ternis. On ne sait quoi temporise dans l'âme de l'air. A Notre-Dame, à la façade aux colonnettes d'une ingénieuse minutie devant ce froid de pierre orbe, des grotesques en une triple file se penchent sur la rue, ils simulent terribles et risibles les passions disparates des vivants. A l'intérieur rigoureux évoquant les syndérèses, les roses du transept offrent sans méandres sculptés le lisse cristal de leur peinture. Et le monticule de Fontaine-lès-Dijon prédomine, où naquit et vécut enfant saint Bernard. Dans le cimetière restreint non sans verdure autour de la chapelle, on se plaît à repasser; en bas stagne une mare d'un vert d'herbe; et on garde une dévotion au saint prodigieux que suivaient dociles un pape, un empereur, qu'acclamaient des populations guéries, à qui ne manqua pas la trahison de son secrétaire, on regrette sans fin ce directeur très lumineusement modeste qui a connu la grâce monacale de n'aimer qu'absolument.

De près d'Andernach entre des monts ondulant sous leurs feuillages et dévalant presque perpendiculaires vers le fleuve, on resubit en souvenir l'influence de ce Rhin dont les îles boisées baignent dans sa profondeur. Elle se prolonge liante, se renferme aventureuse.

Nous rencontrons aux Champs-Élysées

un inconnu que depuis des années nous croisons là, sous les ormes et les marronniers familiers, vieux monsieur en haute-forme plat et d'un poli sans lustre, la tenue sobre et chaude, droite quoique un peu pelotonnée, et dont le menton et la bouche en une mussitation marchent sans arrêt, sans avance.

Cette nuit de Noël, il convient de repenser à Kant faisant pour l'homme ce que Copernic avait fait pour la terre, le philosophe et l'astronome restituant à notre planète et à son vain maître leur place infime dans les mondes. Cependant, il rayonne en la moindre conscience un infini; une émission la moindre se répercute indéterminable vers l'irréductible.

Quelque dragon plus chimérique en

son évasive obscurité, et d'allure chenillante, et près de fondre les stries brunes de sa spire coulamment griffue en la griserie fumeuse d'un petit vase du Japon comme vitré et voilé qui, sous le col gracile, se renfle et refuit.

Notre dernière nuit dépassant tout horizon et solitaire au long des eaux qui se figeaient éthérisées sous le céleste manteau constellé, cette nuit méditerranéenne perlucidement hallucinante nous retrouble de n'avoir rien laissé filtrer de nos filiations passées.

La nuit, ce n'est plus ni le mouvement de l'être, ni l'abstraite froideur, ce redevient — selon l'expression allemande — « la toute-personnalité » indéfiniment unique où s'englobe toute vie. Les étoiles ne sont-elles pas bien les molécules intégrantes de Dieu? l'univers respire Dieu même, il tend hors mesure à la conscience de ses puissances; ainsi se trace l'indécise et magnétique figure de perfection. La beauté absolue reste à jamais sans vocable, comme extatique par delà les conceptions et les formes.

On souhaiterait de ces paroles précieuses, sphériques, habitées, afin que se sublime le sens de l'être.

La messe, du temps encore de saint Jérôme qui ne la disait que par occasion et en une inappétence, était toute d'administration ecclésiastique. Ce n'est qu'à l'époque du développement grandiose de la liturgie au moyen-âge, à l'heure de la projection scrupuleusement refouillée, refendue des cathédrales rayonnantes, ce n'est qu'à cette heure centrale que l'eucharistie, en une toute-présence uniment impénétrable, condense et perpétue l'ontologie; l'hostie est devenue, à ce moment de l'histoire, l'emblème panthée de l'idéal.

En voyant passer des personnes contentes d'elles, mon amie, les yeux mouillés en plus de clairvoyance, me dit : « C'est peut-être la parole la plus juste : *pardonnez-leur, ils ne savent pas ce qu'ils font.* »

Au matin le ciel ardoise, sur les branches d'ormes ébénées et implorantes, on le sentait, autour de la lune près de se casser sous son éclat factice, s'étourdir en une tendreté. Et les maisons restaient tassées en une grise tonalité fétide exhalant, il semblait, toutes les ternissures des gens couchés dans leur appesantissement. L'obélisque s'érigeait, avec ses hiéroglyphes indiscernables, en une impudicité brumale, quand même géante.

A ce nouvel an, j'en viens à me craindre moi-même plus encore, ne me comprenant plus en un égarement vers la poursuite irréalisable.

Le voile d'Isis est le bleu impondérable, aux résilles infinitésimales de ses ondes d'ombre tressaillantes, comme non encore fragmentées de l'identité divine.

Une goutte de rosée irisée mire en elle les sphères.

Dans notre chambre, à défaut de l'annonciation exclusivement souhaitée d'un monde supérieur, nous nous gardons quelque gamme virginale favorable dans les visages de toute délicate féminité de Filippino Lippi et de Botticelli entre un moulage de Lucca della Robbia. La première vierge se tient très doucement longue, ductile, s'effaçant, méditative, en une pudeur presque enfantinement légère; l'autre, debout aussi, est réservée jusqu'à la douleur, désabusée, préservante, religieusement seigneuriale; toutes trois sont si distinguées, d'une distinction innée, distante, mais la troisième, la sculptée semblerait peut-être plus prévenante encore, ayant déjoué toutes les faiblesses et marquant une indulgence subtile comme ses lèvres, pleine d'atténuants égards comme ses yeux baissés sans curiosité; vers l'enfant révéré qui bénit, elle se penche en une complaisance craintive. Et c'est vers nous comme un pardon prolongé des immatériels visagès de ces trois inspirantes femmes, elles affinent, lénifient notre solitude, moins maladivement susceptibilisée.

Malgré notre faux sommeil, la fuite immensurable des étoiles se représente, elles s'avancent entr'accordées en spires initiatiques, conjuratives, vers la promesse édenéenne.

Les contrefaçons visionnées de la nuit laissent, malgré l'inconscience, une espèce de honte inavouée, plus comprimante. Larves abortives et bistournées, tuméfiées et nouées, dagornes lurides à besicles et sans prunelles et clochantes en des subreptions à la Goya, empuses, qui fondent sur nous et nous enserrent, nous obstruent, et que l'on ne fuirait que pour s'immobiliser interloqué devant son propre reflet grimaçant, implacable, piteux.

On reste étreint sous ces atmosphères astrales. Et les profondeurs même de l'éther qui s'apprivoise à l'aube, elles ne nous dégagent plus ni ne distraient de notre pesant malaise.

En face des souillures si faciles et nauséeuses, on recherche et rêve le sens de cette parole de la Bible : « il n'y a pas trace de l'homme dans la vierge ». Vierge efficace et inviolable, en sa piété.

Cabalistiquement, l'Être est cubique en les assises d'analogie de ses contrastes, triangulaire en sa très rationelle vérité, sinueusement circulaire, perpétuel en l'ensemble où il ne se prodigue que pour se surpasser encore, se ravir, inexprimable.

L'insecte, que je ne suis même pas sûr d'être, tend à se désalourdir, à monter aux régions vaporeusement volatilisantes.

Dans les magnifiques et vagues opales crépusculines se rejoignent et se tempèrent jusqu'à l'insensible des imaginations, plaintivement tentantes, qui s'inachèvent. Ors violis et glauques sans plus les présomptueuses déchéances, bleus mourants, exhalations dignes d'accompagner dans le ciel aux diaphanes pâleurs une lune diamantine.

Un air de veille et presque inanimé dans une orientation reculée, le regard bleu réfrangé et glaceux, les lèvres d'une flexion amincie en leur malignité sourieusement dédaigneuse, les traits modelés et dulcifiés, les cheveux de blonde soie argentée, ainsi se désigne sans feintes l'occultiste actuel le plus discret et sagace.

Ce matin sous la bruine aux diminuantes pulvérulences, la Seine, huile et bile, remue en son jaune blafard de perfides langueurs.

A son amoureux tremblement d'indignité ombrageuse devant Dieu, on chercherait un asile. Mais on retombe dans ces noirs rêves, où même les quelques personnes aimées s'oblitèrent adultérées, s'esquivent, où des séparations très proches et abîmées vous laissent vous reperdre en des détresses de fictive léthargie; des fautes inévitables irréparablement ont entraîné là, file fantomatique des lourdes antécédences; on se semble issu d'on ne sait quoi d'inconsistant et d'obèse. Et c'est une torture d'attente de moisir parmi des substructions à demi détrempées aux échos s'étouffant en une dépravation des souvenirs. Puis, sur ces déroutes nocturnes les aurores viennent luire, larmoyantes. Jusqu'aux gens dehors qui apparaissent sous leur forme animale rétrogradée, où se décomposent, se r'embrouillent les linéaments de la créante splendeur première.

Dans les *proverbes* de Goya, sur une branche isolée et voyageuse sont rassemblées de muables, fatidiques figures emmantelées, encapuchonnées, comme dérobées, se frôlant, se retouchant en des rapprochements vagues, tandis que chancèlent, somnolent entre elles des confidences, des réticences. Spécialement une larve hydrocéphale paraît de ses yeux enchâssés écouter fixement.

Ce matin, à l'opposé de l'orient se laissant diversement rosir, dans l'ouest désorné même de ses pâles couleurs se dédorait le vermeil de la lune, peu à peu elle s'ennébulait en sa rondeur entamée, comme sacrifiée, presque propitiatoire, et de la terre surgissait toujours le monolithe d'Égypte rigide, muet sous ses justes signes originels.

Cet autre matin comme universel sous des nues à bigarrures bizarres où des vert-citrine invitaient non fallacieusement à des joies amères, où des violets un peu flottants déroulaient des pompes d'une lenteur passée, le fleuve continuait de couler élargi entre les quais plus immobiles qu'on dirait qui s'enfoncent, et les eaux en leur amplitude vitreuse conjoignaient de déceptives dissemblances, antiques ou modernes, luxueusement et sordidement véreuses.

Sur le front, sur la poitrine de la primitive du musée de Francfort, l'escarboucle et les perles jouent en silence sans plus d'ambiguïté le drame succinct de la vie, vaine sans la grâce spirituelle qui mortifie, qui surabonde.

Sans plus d'inertie ou de passion, alors même qu'elle exprime tous les extrêmes, depuis la pieuvre voracement rayonnante pour soi seule jusqu'à une Sainte Catherine de Gênes, la grande *hospitalière* transportée à d'intérieures hauteurs où s'est transmué son goût natif pour les fruits jusqu'à avaler d'ordes choses comme précieuses, la Nature s'excède dans ces renouvelantes nuances de sa physionomie, elle se dépasse elle-même vaporante, affective, sereine, s'absorbant imperscrutable.

Voilà déjà plusieurs jours que nous

avons appris la mort âgée de notre caniche, enseveli dans le jardin d'un presbytère où nous l'avions confié. Et nous continuons, entourés d'ombres chères, non imaginairement ondoyantes dans l'espace en leurs métamorphoses.

Sous une porte cochère deux chats parurent, en de dévoyées prudences, se livrer à des caresses insidieuses, rageuses, importunes. Les yeux de la chatte avaient, parmi la cendre de sa robe, des lueurs éludeuses.

Entre les pierreries, le saphir surtout gêne, peine d'être laïcisé, profané. Il tient secrète la foi en l'absolu imprescriptible, aiderait, par avance ou même par une dormante ressouvenance, à nous dilater en le repos éthéré. Sur le cœur de l'initié il brille plus loin que les horizons, alors qu'à Dieu ce fidèle offre l'encens de l'adoration essentielle, la myrrhe des repentirs, l'or du plus lumineux amour.

Les formes seraient-elles à Dieu, dont elles émanent, sa parure superflue ou mensongère et monstrueuse, sa représentation mal détaillante et détachée, son image hyperboliquement brisée comme sans plus de réminiscence ? mais leur attrait de se transfondre, parfondre en lui, il le couve.

Dieu ne peut ne pas avoir son ombre, démesurément déviante : degrés vertigineusement obscurs ou radieux des possibles.

Il serait désirable de mourir en relisant

ces paroles théologales de sainte Catherine de Gênes : « Dieu, qui est simple et pur, ne peut recevoir en soi autre chose que le pur et simple amour... O pur amour! la moindre tache vous est un grand enfer. Ceci ne sera cru et compris que de celui qui l'a éprouvé... Esprit nu et invisible, rien ne saurait te retenir à cause de ta nudité. » Paroles de beauté transcendante, qui abreuve.

Dans la célestement blanche Vierge de Filippo Lippi à Florence, les vêtements ont une manière de s'épandre et revenir en voiles, ils se tissent sur cette mère vierge à l'aménité auguste, transparaissante presque. Candidement et avec un étonnement charmé elle adore l'enfant glorieux couché à ses genoux, comme baignant en elle encore. En lui illuminé ingénument, se forlonge, se noye leur même rêve affranchi.

Tout le vice et le malheur est de se détourner, vraiment par fraude, du centre indéfectible, de se retourner à vide sur soi. Les sympathies altérées, on les voudrait par sa prière renouer lotionnées.

L'inquiétude serpente à travers l'étendue en une cauteleuse fantaisie. Dieu seul demeure insoupçonné.

Le rayon vert de la terre la reflète malhabile et exiguë en ses manies.

Dans la nuit, le tic-tac d'une pendule paraît écorcher sèchement l'abîme.

Dans nos chambres, nous apercevons fugitivement comme des égratignures dans l'air.

Notre âme se sent interrompue, elle

souhaite se relier au-dessus d'elle-même. De plus en plus, notre naissance étiolée se prouve une expiation de fautes antérieures pour nous-même et dans la famille, indémêlablement. Faites-nous rentrer en lumière, votre extrêmement tendre lumière, ô Notre-Dame de recouvrance!

L'unique Bible se redécouvre, par les nuits claires, dans les orbes en refuite vers la Présence infuse, tout impénétrablement pénétrante, inamissible.

Aux crépuscules du soir reviennent les nuances amoureusement déclinantes, s'éloignant exhalées; elles charment nos regrets qui, à ces minutes, ne se restreignent plus.

Dans le désert de l'air ensoleillé qui s'empoussière, entre la dureté des quais comme immuables, la Seine haute et amortie apparaît presque bénignement verte, elle coule, charrie la vie.

L'Esprit, impalpable, immense sous la figure ondulatoire des zones, assagi en son impassible, le rejeter, voilà le péché irréparable qui donne la malemort.

Le mal s'implique dans l'isolement déterminé. Mon amie, elle, se chargerait des misères de certains pauvres chevaux, si fort maltraités.

Parmi les quelques grandes femmes historiques sans sainteté encore, l'indomptable et élancée Corday, la tête coupée aux mains du bourreau qui la soufflète et rougissante, résurrectionne les vierges de Tauride, en une troublante pudicité. Mais que n'a-t-elle plutôt égorgé Robespierre,

« l'homme fouine », disait mon grand-père maternel de studieuse mélancolie !

Et l'ensanglantée de son Géta se réfugiant à vrai dire dans elle contre la fureur de son frère, Julia Domna cette mère infortunée et valeureuse, cette savante et cette sage, conductrice perspicace de l'Empire, cette syrienne d'attirance insigne, de très délicate saveur, fervente d'Apollonius de Tyane, étonne par sa froide philosophie, elle désole d'avoir échoué en ses hauts rêves.

Dans le nord-ouest, au bord de la mer, sous des nues d'une argenture lilacée et l'ondoiement des brises, les eaux agglomérées et diffuses apparaissaient lointaines en leur altération attendrie, elles s'abîmaient indéterminément mouvantes, tournantes en d'anxieuses et ravivantes délices, et çà et là les vertes vagues voulaient blanchir, plus blêmes. Souple somnolence un rien amère, embaumante, magique miroir ovale des grâces.

Ce matin, à Paris, sous une brume indécidément irisée, non plus flottante, déjà se réabsorbant, la Seine en ses verts d'un or livide faisait songer à une eau hégélienne, presque l'eau même de la mer, « fermentescible, phosphorescente, efflorescente, enveloppée », gonflée du désir de vie, représentant le sens infini de la Triade, dégradant ses nuances vers son unité maternelle, renveloppante.

« Nul ne vient au Père que par le Fils », mais « le Père est plus grand que le Fils ». Ces propres paroles du Christ dans l'évangéliste saint Jean sont d'une théologie d'intégralité. Et, par delà la divine apparition, la théophanie des mondes où rayonne Dieu même — leur principe, par delà cette triple hypostase universellement se réalisant de l'Absolu, je me confonds, en une exaltation sagement délirante, devant l'Essence hyperhypostatique elle-même, elle seule. Dieu, en sa pureté indicible, domine le concept même de l'être. Il faut dire, non pas qu'il *est,* mais qu'il *a* l'être. Il demeure lui-même, en son hyperessence, au delà de tout attribut. Archée transcendentale, à jamais mystérieuse, il est la substance indéfinissablement une des phénomènes que toujours il engendre et réattire plus intimes, par même la nécessité parfaite de sa nature.

Dans l'église chrétienne, les Pères alexandrins et le seul métaphysicien original du moyen-âge, Jean Scot Erigène, furent les seuls à comprendre, soutenir cette doctrine de l'ubiquité ineffable, de l'universalité divine. Naturellement l'église de Rome, prête toujours à se signaler par sa mesquinerie ennemie de la pensée, condamna par concile au milieu même du XIIIe siècle les écrits de ce seul occidental inspiré de l'Aréopagite, l'alexandrin très admirable.

L'enthousiasme et la mansuétude, l'indépendance et la fidélité, les divinations exquises, les hauts liens, Jésus les réalisa. Il fut le régénéré dans l'humanité, comme une transfiguration halènante dans notre pauvre monde. Et ce que le manuscrit thibétain, récemment traduit par un voyageur russe, révèle du respect très marqué de Jésus pour la femme, le rattache, ainsi que ses initiations dans l'Inde et la Perse, à la famille aryenne privilégiée, à la race blanche des fils de lumière. « La femme est la mère de l'univers », ce mot de bénigne clairvoyance chez Jésus nous confirme avec une joie rare dans la supposition, gardée toujours au fond de nous, que les évangiles canoniques donnaient un Jésus tronqué. Et ce mot encore du saint de Dieu : « le monde, avant d'apparaître, existait au fond de la pensée divine », ne divulgue-t-il pas le théosophe hindou?

Angèle de Foligno, une *bienheureuse* pourtant de l'église latine, dit que, dans une de ses visions, ce qu'ineffablement elle a goûté, ce serait un blasphème de le désigner du nom de Jésus-Christ, c'était l'union unique en Dieu même.

Dieu, selon la théogonie de l'Inde, joue avec lui-même dans l'univers, il s'y apparait à jamais et indispensablement en ses déterminantes dissemblances, en sa familiale, indissoluble image, afin que celle-ci aspire à s'oublier et se retrouver tout ensemble dans la Sagesse.

Selon l'absolue vérité, Dieu se scinde lui-même, — *nemo contra deum nisi ipse deus,* — en sorte de se réconcilier sans plus de contraires, sans plus les réciprocités d'action, de se *consommer* en l'unification de l'esprit pur. Hégel a très intérieurement vu que Dieu ne s'atteint lui-même que dans son idée adéquate, son vertigineux accord, sa providentielle vertu, sa plénitude toute spiritualisante. Afin d'être digne d'accéder aux *penetralia mentis divinæ,* aux profondeurs souveraines, les êtres devront franchir les limites de Satan, du Divisé contre soi-même, vaincre, selon la parole du Christ, le monde, c'est-à-dire la partialité. « Pour cueillir la rose dans la croix du présent, » a dit Hégel, « il faut porter soi-même la croix. » L'univers est donc l'autre inséparable de Dieu. Et les moments différentiels de l'être s'enchaînent et s'entraînent à une victoire, à la paix non-pareille, en l'unité absolue où tout s'interpénètre, « elle-même se compénétrant éternellement ».

Le matin aux Champs-Élysées, dans l'éther d'une ténuité qui trop vite s'évapore, l'arbre d'Amérique fleuri semblerait un arbuste prédestiné à des vierges sacrées, par ses blancs roux fondant en une splendeur azurescenre. Et près de la vasque à l'eau morose, le saule pleureur verse la pluie verte et fine de ses ramilles.

Dans la quiescence ce matin de l'atmosphère assez revoilée, l'eau du fleuve laissait sous les ponts ses verts marbrés violir mémorables, et le rose mort de l'obélisque se gazait d'un violacement éthérisé, et les bruns si peu violis des branches encore dépouillées se mariaient à la blancheur argentinement grise, ici là presque morbidement perlide, des nues retardant les verdoyances printanières.

Dans l'univers — spire indéfinie de la phénoménalité, prolongement pénombral de l'Essence, il n'y a non plus qu'en Dieu de commencement ni de fin. Dieu n'existe qu'en créant toujours, qu'en rayonnant son harmonie. L'original et son reflet se combinent en leur unanime nécessité, indéfaisables; simultanéité prodigieuse, *adonaïsée;* présence de grâce plus que parfaite de l'Esprit dans l'occulte cristallisation ardente des mondes.

A l'heure de ce matin où dans notre chambre se cassait la glace de l'armoire, précisément à cette heure je retraçais ce mauvais souvenir de soir : la chauve-souris entr'ouvre, déploierait les déchiquetures de sa ténèbre obtuse. Abri louche, impudeur glacée de ces molles ailes de larve moins folles s'il se peut qu'avares, dont le diabolisme confus s'achève en les extrêmes d'une restriction errante.

Bâle, printemps.

Le parfum de vénusté un peu onctueuse des jacinthes, en corbeille dans ce libre jardin près du fleuve, nous surprit dans même la brise matinale, parfum vagabondant qui presque transportait et soudainement dans de l'invisible. Et c'était, comme à nos précédents passages en cette ville de mes préférences, des bébés et de petites gardiennes d'eux plus âgées, enfants de peuple qu'ici seulement nous avons rencontrés charmants dans leur candeur pâle, douillettement ouverte à la

Nature. Et nous relongeons le fleuve d'or moins cérémonial peut-être que tout absorbé. Sa voix a de ces reprises! tandis qu'il se hâte avec étrangeté — car il demeure imperturbé en sa magnifique ligne de vie, ses remous d'une furtiveté mignonne s'entendent, diminutivement indéfinis. Cela arrête, tel qu'une voix de vous-même revenante et aussi vite redisparue, voix de l'excessif et inconnu désir, incirconscrite et frêle, qu'on ne joint pas, que surtout on ne retrouve. Effleurement sur moi de l'ondine suspirieuse. Le Rhin me rassemble, on le suit en un long amour vers les mers.

Ce soir, plus loin que les splendides ors roses et vermeils et vineux dans la glace crépusculaire du fleuve, de désolés et intacts gris déjà déviolis gardaient une finesse s'enveloutant. Cette eau vaste, fusante à ces minutes en une alchimie ombrée et vive, mirait, mariait de mirifique sorte les teintes divines.

De la galerie du cloître à la cathédrale, on voit en bas à travers les vitres des ogives le Rhin pas alenti en son glissement de givre vert grisé, irisé. Sur le jardin encloîtré donne la rose de pierre au double triangle en carré dans le cercle intégral, rose du rouge temple, à l'opposite de la seconde rose zodiacale — la passagère, l'autre à l'orient offrant la quadrature tant cherchée du cercle et célébrant toute vie qui consiste et se résout en le recueillement absolu.

Le Saint Jean de la Cène, des cartons de Vinci à Weimar, dans la photographie au charbon de Braun achetée ici, le disciple bien-aimé a, en le bas surtout du défaillant visage, un allongement d'un haut goût très tendre, et cette suavité affinée se mouille dans l'ombre longuement ronde, comme lunulée, léthéenne des yeux baissés sous les molles et pures paupières.

Des soirs, le Rhin, aux pieds des maisons verticales et percées de fenêtres, curieusement attendantes, encore plus rapprochées et se transfusant dans la brume, coule sa luxueuse nuit d'améthyste, mal dormante, à grandes places pâlement argentées se frisant d'aigail. Cette eau, pieuse ensevelisseuse des crépuscules, guérit des ivresses humaines. Sur le pont a passé un berceau, où le bébé renversait vers les altitudes bleues sa mine laiteuse.

En sa rapide, tranquille, ample luxuriance, le Rhin trame des runes changeantes et infinies; elles voguent, se contournent, s'allient, s'effacent pour reparaître en des languidités mais sans jamais tarir. C'est des lignes noyées qui serpentent, de distraites frôleries, comme des jeux évasifs, toutes agiles, subtiles indécisions d'une élégance câline. Figures presque psychiquement confuses : nébuleusement, verdâtrement satinantes, elles s'essayent, se reprennent, se négligent, dévient, et, çà et là, de petits tourbillons continuent à tournoyer follement et si doucement, s'enchantant les uns dans les autres; on ne sait quoi de nous-même s'y va blottir.

A un bout du vieux pont, au bas du quai, c'était sous la lune trop mince et comme fausse d'éclat, c'était dans le fleuve sous un grillage d'ombre immobile une lueur fâcheuse au fond de l'eau passant en turbulence dans sa métallique lividité. Et cette lueur intruse, mal prisonnière, paraissait affleurer plus équivoque que la lune même, pendant que les brisures de l'eau agitée se renlaçaient vainement à l'ombre grillagée.

A Colmar aux Unterlinden, dans la chapelle d'autrefois de ces très extraordinaires dominicaines du moyen-âge toutes là et comme anonymement coutumières de sainteté, sous cette voûte de grâce chaste, deux tableaux de Matthaüs Grünewald n'aideraient pas moins à tomber à genoux. Dans la *Crucifixion,* la face d'agonie enfin éteinte, plus éteinte sous les yeux vitreux, a pris, par delà le délire des tortures, une tranquillité convulsée et grisée, une cadavérique magnificence gouttelée de pourpre noire, laissant la nostalgie de pareillement mourir. Le pagne accable le pharisaïsme par les déchirures royales de sa pauvreté. A gauche du Christ et comme en un avant de la scène un peu reculé, le Baptiste pacifié allonge vers la victime d'innocence volontaire son doigt relevé, farouche, signalant entre eux deux leur grandeur accomplie par leur supplice; le livre de sapience ouvert dans l'autre main et exfolié porte témoignage. Au pied de la Croix à droite, Madeleine agenouillée se renverse, elle proteste on croirait, les doigts haut entre-croisés et crispés, la bouche se trouant d'angoisse, les yeux sous le voile au crucifié toujours, la chevelure d'une blondeur verdie s'égarant sur la robe rose mourante de flamme inondée. Derrière Madeleine la Vierge, droite en ses voiles d'une blancheur dominicale et mortuairement repenchée en arrière entre les bras du prédiligé, dont la physionomie diluvienne, bruineuse semble incarner, à cette maleheure, le désastre de la Nature, la Vierge, elle, en ses blancs voiles glacés, ombrés d'une timide dernière nuance, apparaît enclose : fantôme de l'oblation plus immaculé. — Dans la *Résurrection*, au-dessus du sépulcre vidé et des gardes en leur armure foudroyés sur la terre assombrie, au-dessus du glissant linceul de glace bleuâtre, le Christ monte, le corps plus grêle en sa pallidité violacée non encore revenu de l'évanouissement, les mains déjà lumineuses s'ouvrant en demi-cercle et entre elles la tête revêtant en une absorptivité la lumière même, tête qui est l'apparition déiforme, foyer d'une auréole à illuminement ternaire, or, pourpre, azur, ce limbe d'un bleu d'aube parsemé d'étoiles. Figure s'irradiant jaune pâle si pure qu'on se trouble à la fixer, que par les yeux d'une eau profonde elle éblouit, ils transpercent! figure transmuée de ce Christ s'infusant dans la toute sphérique resplendissance.

La seule dénomination non trop indigne, univoque, compréhensive de l'indivisible Principe d'immanence extrême et central, serait ce dictame : *Dieu seul est.* Et Il s'engendre lui-même toujours dans son enfant universel.

Achevé d'imprimer

le vingt-six juillet mil huit cent quatre-vingt-quatorze

PAR

ALPHONSE LEMERRE

25, RUE DES GRANDS-AUGUSTINS, 25

A PARIS

2. — 2182.

BIBLIOTHEQUE CONTEMPORAINE

VOLUMES IN-18 JÉSUS, IMPRIMÉS SUR PAPIER VÉLIN

Chaque volume : 3 fr. 50

DERNIÈRES PUBLICATIONS

Jean Ajalbert.	*Le Cœur gros.*	1 vol.
Barbey d'Aurevilly .	*Littérature épistolaire*	1 vol.
Léon Barracand. . .	*La belle* Mme *Lenain.*	1 vol.
R. de Beaumanoir . .	*Très Blonde.*	1 vol.
Paul Bourget	*Cosmopolis.*	1 vol.
Jules Breton.	*La Vie d'un Artiste*	1 vol.
J. de la Bretonnière.	*Zogo.*	1 vol.
Philippe Chaperon. .	*Une Rédemption.*	1 vol.
Armand Charpentier.	*Un Amour idyllique.*	1 vol.
Adolphe Chenevière .	*Perle Fausse.*	1 vol.
Le P. Luis Coloma. .	*Bagatelles* (trad. C. Vergniol). . .	1 vol.
Léon Cléry	*De Paris à Lahore.*	1 vol.
François Coppée . . .	*Mon Franc parler.*	2 vol.
Jane Dieulafoy. . . .	*Frère Pélage.*	1 vol.
Paul Flat.	*Deux Âmes souffrantes.*	1 vol.
Ed. & J. de Goncourt.	*Sœur Philomène.* (Éd. Guillaume).	1 vol.
Édouard Grenier. . .	*Souvenirs littéraires*	1 vol.
Paul Hervieu.	*Peints par eux-mêmes*	1 vol.
Michel Jacquemin. . .	*A la Frontière de l'Est*	1 vol.
Janine	*... Mais il l'aima.*	1 vol.
Auguste Jourdier. . .	*Globe-Trotting*	1 vol.
A. de Lamartine . . .	*Philosophie et Littérature.*	1 vol.
Daniel Lesueur. . . .	*Haine d'Amour*	1 vol.
René Maizeroy. . . .	*Sur l'Amour et sur le Baiser* . . .	1 vol.
André Maurel	*Marsyas.*	1 vol.
Mme Stanislas Meunier	*Théâtre de Salon.*	1 vol.
Pierre de Nolhac. . .	*La Reine Marie-Antoinette*	1 vol.
Ossit.	*Ilse*	1 vol.
Émile Pierret.	*En Avant!*	1 vol.
Francis Poictevin . .	*Ombres*	1 vol.
Pouvillon.	*Petites Âmes.*	1 vol.
Marcel Prévost . . .	*Les Demi-Vierges.*	1 vol.
Rémy St-Maurice. . .	*L'Inutile Péché*	1 vol.
Robert Scheffer. . .	*L'Idylle d'un Prince.*	1 vol.
Carmen Sylva.	*La Servitude de Pélesch*	1 vol.
Paul Tany.	*Malgré la Mort.*	1 vol.
André Theuriet . . .	*Tentation*	1 vol.
Vigné d'Octon	*En Buissonnant.*	1 vol.
***.	*Dilettantes.*	1 vol.

Paris. — Imp. A. Lemerre, 25, rue des Grands-Augustins. — J.-2182

www.ingramcontent.com/pod-product-compliance
Lightning Source LLC
LaVergne TN
LVHW020318230826
846091LV00003B/716

* 9 7 8 2 3 2 9 2 6 3 9 7 7 *